LA SORCIÈRE
DE M

J French FIC Pavan

Pavanello, R.
La sorcière de minuit.

PRICE: $8.12 (jff/m)

FEB   2012

Projet éditorial de Marcella Drago *et* Chiara Fiengo.
Texte de Roberto Pavanello.
Projet graphique de Laura Zuccotti.
Illustrations de Blasco Pisapia.
Couleurs de Pamela Brughera.
Traduction de Béatrice Didiot.

Pour l'édition originale :
© 2006, Edizioni Piemme S.p.A. – Via Tiziano, 32 – 20145 Milan, Italie, sous le titre *Streghe a mezzanotte*.
International rights © Atlantyca S.p.A. – Via Leopardi, 8 – 20123 Milan, Italie – www.atlantyca.com – contact : foreignrights@atlantyca.it
Pour l'édition française :
© 2011, Albin Michel Jeunesse – 22, rue Huyghens, 75014 Paris
www.albin-michel.fr
Loi 49-956 du 16 juillet 1949 sur les publications destinées à la jeunesse
Dépôt légal : second semestre 2011
N° d'édition : 19722
ISBN-13 : 978 2 226 23048 5
Imprimé en France par Clerc

BAT PAT

LA SORCIÈRE DE MINUIT

Texte de Roberto Pavanello

Salut... c'est moi ! Bat Pat !

Savez-vous ce que je fais dans la vie ?
Je suis écrivain, et ma spécialité, ce sont
les livres d'épouvante : avec des sorcières,
des fantômes, des cimetières...
Bref, tout ce qui fait peur.
Mais je dois vous confier un secret :
en réalité, je suis un grand trouillard !

Je vous présente mes amis...

Rébecca

Âge : 8 ans
Signe particulier : adore les araignées, les serpents, les rats, les crapauds...
Point faible : quand elle est énervée, mieux vaut se tenir à distance
Phrase préférée : « Bougez-vous, gros mollassons ! »

Léo

Âge : 9 ans
Signe particulier : bouche toujours ouverte (pour parler ou manger)
Point faible : c'est un gros peureux !
Phrase préférée : « Que diriez-vous d'un petit casse-croûte ? »

Martin

Âge : 10 ans
Signe particulier : très intellectuel
Point faible : aucun (d'après lui...)
Phrase préférée : « Un instant, je réfléchis. »

Chers « amis du frisson »,
Pouvez-vous me dire quel est le personnage le plus antipathique du conte *Blanche-Neige et les Sept Nains* ? La reine, dites-vous ? Bingo ! Je suis bien de votre avis. N'est-ce pas elle qui demande au chasseur de tuer sa ravissante belle-fille et de lui rapporter son cœur pour s'assurer de sa triste fin ? Un épisode digne d'un récit d'épouvante !

Quel rapport avec nous ? Si vous avez un peu de patience, je vais vous l'expliquer.

Vous vous rappelez la suite de l'histoire ? La

reine, apprenant que la princesse Blanche-Neige est encore vivante, se transforme en vieille femme et décide d'aller la trouver pour lui faire manger une succulente pomme empoisonnée et s'en débarrasser définitivement ! Sympathique, non ?

Vous n'avez toujours pas compris pourquoi je vous raconte ça ? Vous n'êtes vraiment pas doués pour lire dans les pensées !

Bon, il vaut peut-être mieux que je vous raconte cette étrange histoire en reprenant les choses depuis le début. Tout a commencé le jour où, moi aussi, j'ai rencontré une petite vieille qui vendait des pommes…

1

GRAND COUP DE BALAI

vant que cette histoire commence, je dormais comme un loir. Enfin, comme une chauve-souris.

Soit dit en passant, je n'aurais jamais pensé que le grenier de la maison des Silver se révélerait aussi confortable pour quelqu'un comme moi, habitué depuis des années au silence sépulcral d'une chapelle de cimetière toute moisie. « Essayons ! m'étais-je dit, il sera toujours temps de faire marche arrière et de regagner mes pierres tombales… » En fait, non seulement je me trouvais parfaitement bien dans cette famille de fous, mais en plus chacun avait fait tout son possible pour que je me sente immédiatement « chez moi ». Rébecca, devenue ma styliste, avait carte blanche pour me choisir des sweats et des chaussures dernier cri. Je passais beaucoup de temps à discuter avec Martin des dernières idées que je voulais développer dans mes livres d'épouvante, et il me faisait toujours des remarques intéressantes. Et puis il y avait Léo, qui s'était mis en tête de m'apprendre à écrire sur un ordinateur.

– Tu n'as peut-être pas remarqué que mes pattes de devant sont aussi des ailes ! objectai-je un après-midi, alors que nous bavardions dans mon coin de grenier. Comment je fais pour appuyer sur les touches ?!

– Tu pourrais voleter au-dessus de l'ordinateur et utiliser tes doigts de pied ! répondit-il en plongeant une main grassouillette dans un énorme paquet de chips.

— Ben voyons ! répliquai-je, et, tant que j'y suis, je pourrais en profiter pour préparer une pizza aux quatre fromages !

— Il doit bien y avoir un moyen… ronchonna Léo en continuant à se gaver.

Nous connûmes un moment délicat quand les enfants durent expliquer à leurs parents que j'étais une chauve-souris *sapiens*, c'est-à-dire que je savais parler, lire et même écrire. Mais une fois le choc passé, tout alla pour le mieux. Madame Silver m'offrit un encrier et une élégante plume d'oie, et même son mari, après un temps de méfiance, se prit d'amitié pour moi, allant jusqu'à me construire un petit bureau et… un lit sur mesure.

— Papa, les chauves-souris dorment suspendues, lui fit remarquer Rébecca.

— Eh bien, il suffira d'attacher son lit aux poutres du toit, suggéra-t-il.

—Je ne préférerais pas ! intervins-je, terrorisé. Mais c'est gentil d'y avoir pensé !

En fait, j'appris aussi à dormir allongé. Au début, j'enroulais mes ailes autour de mon corps, mais je tombais sans arrêt par terre. Puis j'y pris goût et remarquai que ça m'inspirait de beaux rêves : j'imaginais que je volais ! Bizarre, non ?

Je ne dormais à l'ancienne mode que lorsque, en quête d'inspiration pour mes histoires, j'avais besoin qu'un peu de sang descende à mon cerveau.

J'étais justement plongé dans l'une de ces médi-

tations paupières baissées un matin, lorsqu'un cri terrifiant me réveilla. On aurait dit le miaulement d'un chat souffrant d'une rage de dents ! Écoutant plus attentivement, je compris qu'il s'agissait d'une voix. Le son était strident et pénétrant, mais bien d'origine humaine. Et si aigu que je craignais qu'il fasse éclater la vitre de ma fenêtre !

– Par mille ultrasons, qui peut bien hurler comme ça ? m'indignai-je en essayant de me boucher les oreilles.

Je bondis de la poutre du toit en un élégant plongeon de la mort et fis le point. Les enfants étaient à l'école, monsieur Silver travaillait, si bien qu'il ne restait à la maison que madame Silver. Mais cette voix de cauchemar ne pouvait être la sienne.

« Adieu, matinée de repos ! » pensai-je avec regret. Quelqu'un devrait expliquer à certains humains que les chauves-souris dorment le jour.

Je regardai les chiffres phosphorescents du

radio-réveil que m'avait offert Léo : à peine
10 h 30 – presque l'aube pour moi !

Tant pis, quitte à être
réveillé, autant m'habiller
et aller voir.

J'étais en train d'enfi-
ler le sweat jaune citron
dont Rébecca m'avait
fait cadeau, lorsque ce
hurlement glaçant résonna de nouveau dans
Friday Street, juste devant la maison des Silver.

Voletant jusqu'à la lucarne du grenier pour
jeter un coup d'œil à la rue, j'aperçus, à côté d'un
chariot de fruits, une petite vieille vêtue de noir
et coiffée d'un grand chapeau pointu d'où sor-
taient d'épais cheveux sombres.

– Pooommes ! recommença-t-elle aussitôt à
crier. Pommes du verger, savoureuses, pleines de
vitamines et de sels minéraux !!! Achetez mes
bonnes pooommes !

Et ainsi de suite pendant une bonne minute : une vraie torture !

Providentiellement, madame Silver vint à mon secours : elle apparut sur le trottoir et, porte-monnaie en main, s'approcha du chariot.

« Ouf ! fini de me casser les oreilles ! » pensai-je en m'envolant de la lucarne pour adresser un signe de reconnaissance à ma bienfaitrice.

À ce moment, la vieille me fit face, et, l'espace d'un instant, je vis briller dans son visage raviné et à l'expression mauvaise deux yeux cruels. Trouille. Mégatrouille !

Puis elle se tourna vers madame Silver et lui sourit aimablement, exactement comme la sorcière de Blanche-Neige, en lui faisant voir les pommes de son chariot.

Par le radar de mon grand-père ! La mère de Martin, Léo et Rébecca était en danger, *je le sentais*, et, même si j'étais mort de peur, je devais agir !

Fermant les yeux, je fondis en piqué sur la

malfaisante en braillant aussi fort que je le pouvais. Mais dès qu'elle me vit, celle-ci se remit à lancer son appel de sa voix perçante.

– Madame Silver, vous êtes en péril ! Éloignez-vous de cette sorcière !

Plus je m'égosillais, plus la vilaine vieille s'efforçait de couvrir mes paroles. Enfin, elle sortit un long balai de sous son chariot, et, dès que je fus à sa portée, m'en assena un grand coup, qui m'envoya buter contre un réverbère.

Puis tout devint noir.

2
ÉCRIRE AVEC LES PIEDS

 e me réveillai sur le divan de la maison. Madame Silver avait posé un sac de glace sur mon front et, assise à côté de moi, me regardait, l'air inquiet.

— Tout va bien, petit ?

— Oui, merci. J'ai juste l'impression d'avoir une montgolfière à la place de la tête ! répondis-je.

— Tu sais, quand on agresse une vieille femme sans défense, c'est le moins qui puisse arriver.

— « Vieille femme sans défense », celle-là devrait se mettre au base-ball, je vous le dis… Avec pareille détente, elle enverrait de vrais boulets de canon.

– Pauvre petite grand-mère, tu lui as fait peur et elle a réagi !

– Vous l'avez bien regardée ? m'alarmai-je en sautant du canapé. Elle avait des yeux…

– Du calme, Bat (désormais, elle aussi m'appelait « Bat ») ! Ça ne te réussit pas d'écrire toutes ces histoires horribles. Tu es devenu peureux et tu vois le danger partout. C'était juste une dame âgée qui vendait des fruits. Point.

– Vous ne lui avez rien acheté, j'espère.

– Bien sûr que si ! Ses pommes étaient très appétissantes et bon marché. Regarde là-bas… dit-elle en désignant une corbeille trônant sur la table du séjour et débordant d'alléchants fruits rouges. Tu en veux une ?

– Sans façon ! Et si vous voulez mon opinion, il faut même éviter de les toucher.

– On peut savoir pourquoi ?

– Parce que… parce que… *Je sens* que quelque chose ne tourne pas rond.

Évidemment, je ne réussis pas à la faire changer d'avis.

Et pour me prouver que j'exagérais, madame Silver croqua, sous mes yeux, dans l'un de ces fruits juteux sans que rien d'étrange se passe.

– Tu es convaincu, maintenant ?

En fait, je ne l'étais pas du tout, mais les apparences jouaient contre moi.

À 17 heures, les enfants rentrèrent de l'école et la maison retentit aussitôt de leurs voix animées. Enfin ! Ils commençaient à me manquer ! D'un battement d'aile, je les rejoignis à l'entrée.

– Salut, Bat ! Ça va ? me lança Léo en topant de sa main sur ma patte.

Il frappa si fort que je fis deux tours sur moi-même ! Puis il fila à la cuisine pour manger son goûter. Martin m'agita sous le nez un livre flambant neuf dont la couverture arborait un grand lapin blanc aux yeux rouges.

– Regarde, Bat ! Ça faisait un an que je l'attendais !

– C'est quoi ? demandai-je.

– Le dernier livre d'Edgar Allan Polaire : *La Vengeance du lapin géant*. Dès que je l'ai fini, je te le prête, claironna-t-il en disparaissant dans la chambre.

Seule Rébecca, remarquant quelque chose d'étrange, s'arrêta pour me regarder.

– Tout va comme tu veux ? s'enquit-elle en plissant ses grands yeux verts.

– À peu près, et toi ? Comment s'est passée ta journée à l'école ?

– Je t'en parlerai après, répondit-elle. D'abord, j'ai besoin de calories.

Et elle rejoignit son frère Léo à la cuisine.

Deux minutes plus tard, elle me rejoignit au grenier, deux verres de lait dans les mains.

– Ça te dit, un peu de « jus de vache » ?

– Avec plaisir !

– Raconte-moi tout, dit-elle en s'asseyant par terre.

Je n'étais pas certain de bien faire en parlant de mes soupçons à Rébecca, mais lui dissimuler quelque chose était comme tenter de cacher un éléphant derrière une souris (Waouh ! Où vais-je chercher de telles comparaisons ?!). Ainsi lui racontai-je dans le moindre détail l'épisode du matin. Elle m'écouta sans ciller en sirotant son lait. Mais quand j'en vins à mes soupçons sur la vieille femme et sur ses pommes, elle explosa d'un rire énorme.

– Qu'y a-t-il soudain de si amusant ? repris-je, un peu vexé.

– Rien, rien… répliqua-t-elle. La coïncidence est amusante.

– Quelle coïncidence ?

– Aujourd'hui, à l'école, on nous a proposé de participer à un concours : « Change la fin de *Blanche-Neige et les Sept Nains* ». Tu pourrais t'y inscrire, ajouta-t-elle en ricanant. Je vois ça d'ici : « La méchante sorcière s'approcha et offrit une pomme à la princesse pour la remercier de sa

gentillesse. Quand, soudain, une chauve-souris surgit et la poursuivit avec un balai… » Pas mal, non ?

– Très drôle ! Vraiment hilarant !

J'allais clore la discussion, lorsque Léo apparut, pieds nus, son habituel gros paquet de chips à la main.

– Bat, descends ! J'ai enfin trouvé la solution !

Nous le retrouvâmes dans la chambre. Étendu sur son lit, Martin était si absorbé par son nouveau livre qu'il ne s'aperçut même pas de notre présence.

– Mon cher Bat, je sais comment tu dois faire pour utiliser l'ordinateur.

– Mais, Léo, je t'ai déjà dit…

– Je sais, je sais. Tes mains se trouvent malencontreusement au bout de tes ailes.

– Voilà…

– Mais pas tes pieds, n'est-ce pas ?

Sur ces mots, il posa ses pieds nus sur le clavier

de son ordinateur, et, sous nos yeux ébahis, tapa deux ou trois lignes de texte sans faire aucune faute. Même Martin leva les yeux de son livre pour le regarder.

— Vous avez vu ? Il m'a suffi de quelques jours d'entraîne-ment. Et avec les mains libres, je peux continuer à manger des chips ! conclut Léo en fourrageant dans son paquet. Qu'en dis-tu, Bat ?

— Je dis que je n'aimerais qu'on puisse dire, un jour, que mes livres ont été écrits… avec les pieds !

Et je repartis méditer dans mon grenier.

3
RÉBECCA, GRANDE ACTRICE

orsque Élisabeth Silver appela tout le monde à table pour le dîner, j'arrivai bon dernier.

Je n'avais pas très faim, et voir Léo se gaver comme une oie finit de me couper l'appétit.

Je craignais que la maîtresse de maison, en racontant publiquement l'épisode de la petite vieille, me fasse passer pour un idiot, mais heureusement elle le garda secret. Rébecca n'en parla pas non plus. En revanche, elle revint sur l'affaire du concours « Change la fin de *Blanche-*

Neige et les Sept Nains », stimulant l'imagination de tous.

–Écoutez mon idée, dit Léo. Le prince devient un as de l'informatique, et, avec l'aide de Blanche-Neige et des sept rase-mottes, il invente un jeu vidéo qui consiste à donner la chasse à la sorcière. Le jeu est présenté à un méga-concours et gagne le premier prix. Tous deviennent riches et le prince transforme le château en un parc de loisirs pour les enfants. Pas mal, non ?

–Aucun intérêt, répliqua Martin. Voyons, tu ne peux pas transformer un conte en un récit totalement farfelu, pas vrai, Bat ? Comment changerais-tu la chute, toi ?

Je connaissais de nombreux contes, grâce au vieux bibliothécaire qui m'avait appris à lire et à écrire, mais pas celui de Blanche-Neige. J'étais sur le point de l'avouer, quand madame Silver déposa sur la table la corbeille pleine des pommes rouges qu'elle avait achetées le matin même.

Mes oreilles se mirent à bourdonner. La famille Silver allait les manger et il se passerait quelque chose de terrible ! Pourtant, il n'était rien arrivé à Élisabeth… Je devais m'efforcer de rester calme. Peut-être ma confession, en créant une diversion, pouvait-elle les détourner de ce danger.

Je décidai d'essayer.

– Euh… en fait, je ne connais pas l'histoire *Blanche-Neige et les Sept Nains*.

Il y eut un moment de silence.

– Vraiment, Bat ! On ne te l'a jamais racontée ? s'étonna Rébecca.

– Non, mon bibliothécaire détestait sans doute les pommes…

Tout en parlant, je lorgnais nerveusement vers ces mêmes fruits. Personne n'y avait encore touché.

– Alors il faut tout de suite y remédier, dit-elle.
Et elle commença :

– Il était une fois une reine très belle…

Toute la famille se mit à écouter. J'en fis autant, sans toutefois perdre de vue la corbeille. Ce fut quand Rébecca arriva au moment où la sorcière offre la pomme empoisonnée à Blanche-Neige que l'affaire se corsa. Elle saisit un fruit écarlate et juteux, et, poursuivant son récit, « … alors la jeune fille porta à ses lèvres la pomme empoisonnée et en croqua un morceau », elle mordit elle-même dans la pomme qu'elle tenait à la main. Elle poussa un cri étranglé et tomba à terre.

Tous applaudirent avec enthousiasme.

Léo se leva immédiatement, sifflant et criant :

– Bravo ! *Biiis !*

En effet, l'interprétation de sa sœur était parfaite.

– J'ai toujours pensé qu'elle devrait jouer la comédie, observa Georges Silver, légèrement ému.

– Continue, ma fille, l'encouragea Élisabeth. Le conte ne finit pas sur cette note tragique.

Mais Rébecca restait étendue sur le sol, inerte.

Il nous fallut quelques instants pour comprendre que ce n'était pas un jeu et qu'elle avait vraiment perdu connaissance.

– La pomme, balbutiai-je. C'est à cause d'elle...

Madame Silver me regarda, terrorisée.

– Vite, Georges, amenons-la à l'hôpital !

Deux minutes plus tard, la famille Silver au grand complet roulait à vive allure vers les urgences de Fogville. Rébecca était étendue sur la banquette arrière de la voiture. Martin soutenait sa tête et Léo ses jambes.

Quant à moi, je caressais sa main, froide comme un glaçon.

4
L'ANNEAU MAGIQUE

orsque les Silver eurent raconté au médecin des urgences ce qui s'était passé, il les regarda, abasourdi.

– Vous vous êtes mis d'accord, ou quoi ? demanda-t-il. C'est le second cas, ce soir !

– Que voulez-vous dire, docteur ? l'interrogea Martin, inquiet.

– Je veux dire, mon cher garçon, que quelqu'un déambule dans Fogville en s'amusant à vendre des fruits pourris à la population !

Puis, se tournant vers les parents, il ajouta :

– Nous allons devoir faire à Rébecca un bon

lavage d'estomac, en espérant que, dans son cas, les choses s'améliorent…

– Pourquoi dites-vous cela ? gémit Élisabeth Silver. Vous voulez dire que l'autre personne…

– Je ne voulais pas vous effrayer, madame. L'autre jeune patiente se porte bien, simplement…

– Simplement quoi ?

– Il semblerait qu'elle ne reconnaît plus ses proches. Elle les regarde et sourit, mais c'est comme si elle ne les voyait pas.

Discrètement tapi au fond de la poche intérieure du blouson de Léo, en compagnie d'une dizaine de bonbons à la fraise à moitié fondus, je devais me contenter d'écouter en marmonnant dans ma barbe :

« Je l'avais bien dit… Rien à voir avec une "pauvre vieille femme" ! »

— Elle se remettra, soyez tranquilles, assura le médecin pendant qu'une infirmière emmenait Rébecca pour l'ausculter.

On nous fit attendre une heure. J'en profitai pour demander à Léo de me changer de cachette (le parfum de fraise me donnait la nausée !), mais me retrouvai dans sa poche externe, remplie, elle, de crackers en morceaux.

Lorsqu'on ramena Rébecca, ses parents se précipitèrent auprès du médecin pour savoir comment elle allait, pendant que Martin, Léo et moi suivions l'infirmière jusqu'à la chambre.

Rébecca fut installée à côté de la fillette dont il avait été question à notre arrivée. Elle avait toujours les yeux fermés.

— Pssst… fit Léo à Martin.

— Qu'est-ce qu'il y a ? s'enquit son frère.

— Cette gamine me donne des frissons, chuchota-t-il en désignant de la pointe du menton le lit voisin. Tu as vu ses yeux ?!

Je me hissai hors de la poche pour jeter un œil : une enfant très maigre et aux cheveux courts se tenait assise sur son lit. Ses jambes semblaient toutes raides et elle regardait fixement devant elle.

– Salut ! Je m'appelle Léo, et toi ? tenta celui-ci.

La fillette tourna la tête vers lui et lui sourit à peine. Puis elle se remit à contempler le vide.

– Sympathique. Une demoiselle pas très bavarde ! commenta Léo en se tournant brusquement vers son frère.

Je basculai alors parmi les crackers et finis au fond de la poche, ma patte droite prise dans une sorte d'anneau.

– Sapristi !… m'écriai-je en secouant le pied.

Léo plongea la main dans son blouson et en sortit ma pauvre carcasse tenant à la main une bague ornée d'une petite pierre rouge.

— Bat, tu es un génie ! s'exclama-t-il en me plaquant une bise sur le front. Je l'avais perdue !

— C'est quoi, ce truc ? demanda Martin en réajustant ses lunettes.

— Un anneau *magique*, mon cadeau pour Rébecca. Je comptais le lui donner pour son anniversaire.

— Mais il est passé depuis trois mois !

— Ben oui, je suis un peu en retard… Mais c'est l'intention qui compte, non ?

Ce disant, il enfila la bague à un doigt de la main droite de sa sœur.

C'est alors qu'entra le docteur, accompagné des époux Silver, et Léo n'eut pas le temps de me cacher.

— Quelle est… cette chose ? demanda le médecin en pointant un index accusateur vers moi.

— Ce n'est pas une « chose », mais une chauvesouris ! déclara bravement Martin pour me défendre.

– Je le vois bien, mais elle n'a rien à faire dans un hôpital !

Madame Silver vint alors à mon secours, expliquant que j'étais le petit compagnon de Rébecca (« petit », snif !), dont elle ne se séparait jamais.

– Eh bien, je crains qu'elle doive s'en séparer pour cette nuit, répliqua le médecin. Seul l'un de ses parents pourra rester auprès d'elle. Et demain matin…

Une infirmière apparut à la porte, l'air alarmé.

– Docteur, pouvez-vous venir tout de suite ?! Il semble qu'une autre fillette ait mangé l'une de ces pommes avariées.

– Enfin, ce n'est pas possible ! explosa-t-il. C'est une vraie épidémie…

Et il s'élança dans le couloir, blouse au vent.

Les époux Silver décidèrent qu'Élisabeth dormirait auprès de Rébecca, cette nuit-là. Avant de partir, nous allâmes tous embrasser la chère enfant.

Léo lui murmura quelque chose à l'oreille comme si elle pouvait l'entendre.

5
UN PLAN FARFELU

ous dormîmes peu et mal. Couché dans mon petit lit tout neuf, je m'endormis pour ma part à l'aube et fis des cauchemars : je rêvai que Blanche-Neige, lancée à ma poursuite à travers la maison des sept nains, essayait de me chasser à coups de balai en criant : « Une souris ! Une souris ! »

Puis le téléphone sonnait et la princesse allait répondre. Elle avait une grosse voix d'homme et hurlait si fort qu'elle… me réveilla.

– Comment ça, elle n'est plus là ?!

Ce n'était pas Blanche-Neige qui parlait, mais

monsieur Silver, en pleine conversation téléphonique avec sa femme.

Les garçons et moi apparûmes sur le palier du premier étage : moi avec les yeux gonflés, Martin sans ses lunettes et Léo en slip.

– Que veux-tu dire par « disparue » ? Tu en es sûre ? J'arrive immédiatement !

Georges Silver raccrocha et nous fixa, désemparé.

– Rébecca est introuvable ! Et les deux autres fillettes hospitalisées aussi !

– A-t-on prévenu la police ? s'enquit Martin, qui ne perdait jamais son calme.

– Oui, bien sûr. D'ailleurs, ils appelleront peut-être ici s'ils apprennent quelque chose. Je vais à l'hôpital ; vous, restez à la maison et prévenez-moi s'il y a du neuf ! Je compte sur vous – et sur toi, Bat !

– Merci, monsieur Silver, répondis-je. Nous ferons de notre mieux.

Il s'habilla si précipitamment qu'il partit avec la chaussure gauche d'une couleur et la droite d'une autre.

Quant à Léo, Martin et moi, une fois installés autour de la table de la cuisine pour prendre notre petit déjeuner, nous nous aperçûmes que nous n'avions aucun appétit, pas même Léo ! À la télévision, l'annonce de la disparition des filles figurait déjà parmi les nouvelles du jour. Je remarquai que les lunettes de Martin s'étaient embuées : mauvais signe… Cela voulait dire qu'il y avait des ennuis au programme.

Soudain, le téléphone sonna.

– Martin, mon trésor, c'est maman, passe-moi Bat.

– Bat ? demanda-t-il, incrédule.

Et il me tendit l'écouteur.

– Ils veulent te parler.

– Al… allô ? (C'était la première fois de ma vie que j'utilisais cet engin.) Qui est-ce ?

– C'est moi, Élisabeth… Excuse-moi, Bat : c'est toi qui avais raison. Si je t'avais écouté…

– Peu importe. Désormais, il faut seulement penser à retrouver Rébecca. Comptez sur moi : je vais me lancer à la poursuite de cette petite vieille maléfique !

Lorsque je raccrochai, Martin et Léo me fixaient, éberlués.

– Depuis quand donnes-tu la chasse aux « petites vieilles maléfiques » ? m'interrogea Léo.

– Il y a quelque chose que tu ne nous as pas dit, renchérit Martin. Vas-y, crache le morceau !

Je leur racontai alors ce qui s'était passé la veille : de mon coup sur la tête à la pomme cro-quée. À la fin, ils furent encore plus surpris.

– Quelle histoire de fous ! commenta Léo. Tu prétends que c'est la vieille dame qui les a ensor-celées avec les pommes et les a enlevées ?

– J'en mets mon aile droite à couper ! assurai-je.

– Alors il suffit de mettre la main dessus, et le tour est joué ! conclut Léo.

– Un jeu d'enfant, en effet ! rétorqua Martin. Il n'y a qu'à passer au peigne fin tout Fogville, en admettant qu'elle n'ait pas déjà filé, et l'affaire est résolue !

– Ou alors il suffit d'avoir l'*anneau magique* ! s'exclama son frère.

– Arrête de blaguer ! gronda Martin.

– Tu te rappelles la bague que j'ai offerte à Rébecca à l'hôpital ? Ce n'était pas un bijou ordinaire, mais ma dernière invention : *l'anneau chercheur de personnes* !

– C'est-à-dire ?

– Eh bien, quand quelqu'un se perd, il suffit qu'il tourne la bague autour de son doigt et celle-ci envoie un signal à un récepteur. Et ainsi repérer cette personne devient simple comme bonjour !

– Et où se trouve le récepteur ?

– Ici, dit Léo en posant sur la table une petite boîte métallique d'où dépassait une très fine antenne.

Martin soupira :

– Mais Rébecca ne sait pas comment faire fonctionner la bague…

– Si, je le lui ai murmuré à l'oreille hier, avant de quitter sa chambre.

– Tu lui as expliqué comment marche ce truc alors qu'elle ne pouvait pas t'entendre ?

– Exact ! acquiesça simplement Léo en souriant.

Martin et moi nous regardâmes, perplexes : ce n'était peut-être pas un plan génial, mais nous n'en avions pas d'autre.

6

PLUIE DE CAILLOUX
SUR LA POIRE

 a matinée passa, puis l'après-midi. Et on resta sans nouvelles de Rébecca et des autres fillettes. La « vieille marchande de pommes » avait disparu aussi subitement qu'elle était venue.

– Je parie mon aile gauche qu'elle n'est plus en ville ! me hasardai-je.

– Tu sais, Bat, à force de mettre tes ailes en jeu, tu risques de devenir piéton à plein temps ! ironisa Léo.

Martin s'était remis à lire *La Vengeance du lapin*

géant, mais il en était toujours à la même page.

Le soir, les parents Silver rentrèrent à la maison avec une tête d'enterrement.

Aucun de nous n'eut le courage de les interroger.

Léo vérifia pour la énième fois son appareil récepteur, demeuré silencieux, et le fourra dans sa poche. Peut-être lui-même commençait-il à douter de son plan ?

Lorsque toute la famille partit se coucher, je décidai de faire un petit vol nocturne pour me rafraîchir les idées. J'étais si heureux d'agiter mes ailes que je jurai de ne plus jamais les engager dans un pari !

Arrivé aux faubourgs de Fogville, je me posai sur une branche pour écouter les bruits de la nuit.

– Où es-tu, Rébecca ? Envoie-nous un message, même tout petit, et nous viendrons te chercher !

Je rentrai à la maison les mains vides. Alors que je m'apprêtais à planer jusqu'à la lucarne du grenier, j'aperçus deux ombres devant la porte de la cuisine : par mille ultrasons, des voleurs ! Je devais donner l'alerte, mais mes ailes tremblaient sous l'effet de la frousse. Soudain, je me rappelai un truc que m'avait enseigné mon cousin Aile-Filante, membre de la patrouille acrobatique des chauves-souris : bombarder l'ennemi de cailloux !

Il fallait tenter le coup. Je ramassai dans le jardin une pierre de la taille d'un œuf et, battant

bravement de mes modestes
ailes, je pris de la hauteur.
Puis je visai et lançai,
touchant le plus cos-
taud des deux en
pleine poire : dans
le mille !

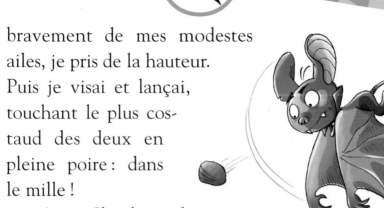

– Aïe ! Il pleut des
cailloux, ici ! brailla-t-il en levant un poing vers
moi.

Mais j'avais déjà saisi un autre caillou et, le
cœur battant la chamade, je remontai pour un
second jet.

Cette fois, j'atteignis son complice à l'épaule :
touché à nouveau ! Lui aussi me menaça en gesti-
culant. Tous deux disparurent.

« Agresseurs en déroute ! » pensai-je en me pré-
parant à rentrer.

Avant même que j'aie pu mettre une patte dans
le grenier, deux bras robustes m'attrapèrent et me

fermèrent la bouche, tandis qu'on m'aveuglait en allumant la lumière.

— Depuis quand jette-t-on des pierres à ses amis ? dit une voix familière.

— J'aurais dû me souvenir que les chauves-souris ont une très mauvaise vue ! ajouta quelqu'un d'autre en se massant le crâne.

— Martin ! Léo ! C'était vous ? demandai-je, incrédule. Nom d'un moucheron ! Je vous avais pris pour des cambrioleurs ! Mais que faisiez-vous là, dehors ?

— Finalement, on a capté quelque chose ! répondit Léo en brandissant le récepteur.

La boîte métallique émettait un faible piaulement : *Bip ! Bip ! Bip !*, tandis qu'une petite lumière rouge clignotait.

7

CHAUVE-SOURIS BIGLEUSE

ous ressortîmes de la maison sur la pointe des pieds. Les parents Silver ne dormaient sûrement pas, mais ils ne s'aperçurent de rien.

Alors que nous étions arrivés au bout de Friday Street, Martin se frappa violemment le front.

– J'ai oublié quelque chose ! s'exclama-t-il en rebroussant chemin avant qu'on ait pu l'arrêter.

Il revint une minute plus tard, équipé d'un petit sac à dos.

– Tout va bien : on peut y aller.

Ni Léo ni moi ne lui demandâmes ce que ce bagage contenait. Connaissant Martin, nous pouvions être certains que c'était quelque chose d'important.

– Pourquoi les équipées héroïques doivent-elles toujours se dérouler la nuit ? gémit Léo.

– Cesse de te lamenter et dis-nous plutôt dans quelle direction aller, le réprimanda Martin.

– Il faut se baser sur la force du signal : plus on s'approche de Rébecca, plus le témoin rouge brille.

– Alors passe devant ! conseilla son frère.

Nous avançâmes tranquillement jusqu'à la périphérie de Fogville. Là, je reconnus l'arbre sur lequel je m'étais posé plus tôt dans la soirée. Et si j'y avais été attiré par un signal de Rébecca ?

– Où mène cette route ? demanda Léo, hésitant.

– Euh… au bois des Chênes rouges, l'informai-je. Un endroit vraiment pas formidable…

– Pourquoi ? fit Léo.

– Ben, d'après ce qu'on dit, beaucoup y sont

entrés, mais peu en sont…
ressortis ! expliquai-je.

– Tu as entendu, Martin.
Rentrons à la maison !
implora Léo.

– Écoutez, bande de
froussards, vous voulez
sauver Rébecca, oui ou non ?
insista son frère.

– Bien… bien sûr, bredouilla Léo. Mais…

– Mais quoi ?

– Est-ce que Bat et moi avons le droit d'avoir
peur ?

– Autorisation accordée pour cette fois,
conclut Martin. Et maintenant, est-ce qu'on peut
continuer ?

À peine entrés dans la forêt, nous fûmes plon-
gés dans l'obscurité. Certes, les chauves-souris
aiment beaucoup le noir, mais les branches
tordues des vieux chênes qui nous entouraient

faisaient penser à des bras squelettiques prêts à nous agripper, si bien que je me serais senti plus en sécurité dans mon cimetière bien-aimé !

Martin alluma une lampe torche. Quant à moi, j'avais mon « radar », qui me permettait de percevoir les obstacles même dans la purée de pois la plus épaisse.

Un peu au-dessous de moi, je sentais Léo qui tremblait comme de la gélatine !

J'avançais en voletant prudemment, quand je fus bousculé par une nuée de mes semblables qui fuyaient à toute vitesse.

– Toi aussi, va-t'en ! me cria une des chauves-souris en déroute.

En un éclair, je fis volte-face et me mêlai au groupe.

– Pourquoi filez-vous comme ça ? demandai-je.

– Centyeux arrive ! S'il te prend, tu es cuit ! expliqua une voix haletante.

– Centyeux ? C'est qui ?

Personne ne répondit. Les chauves-souris se dispersèrent alors, chacune prenant une direction différente.

Seul un petit était resté à la traîne. Il devait être épuisé et se mit à pleurnicher en agitant ses ailes tremblantes.

– Maman, maman, où es-tu ?

– Pssst ! Hé, petit ! murmurai-je. Viens par là, vite !

Sans faire d'histoire, il me suivit dans le tronc creux d'un arbre mort.

L'instant d'après, lorgnant à l'extérieur, je vis s'approcher une chauve-souris à l'air menaçant. Elle s'arrêta à notre hauteur : elle arborait une sorte de longue crête sur la tête et semblait très essoufflée.

– C'est lui Centyeux ? demandai-je au petit.

– Oui… souffla-t-il dans un filet de voix.

Cet individu patibulaire se mit à sillonner la zone en scrutant l'obscurité dans toutes les directions. Alors même que j'éprouvais la peur de ma vie, je faillis éclater de rire quand je vis que sa crête n'était en réalité qu'un long bonnet pointu de couleur orange qui se terminait par un pompon. De plus, Centyeux louchait. Une dernière fois, il roula les yeux de droite à gauche, puis s'en retourna d'où il était venu.

– Pourquoi est-il si dangereux ? questionnai-je le petit.

– C'est l'assistant d'Amanite.

– Qui est… ?

– Une sorcière terriblement méchante !

– Une sorcière ?

– Oui, et quand elle vient ici, Centyeux fait la garde autour de son repaire.

– Sais-tu où elle se cache exactement ?

– C'est très simple. Si on continue tout droit par là, on arrive à un très gros caillou.

Là se trouve l'entrée d'une grotte. Mais il ne faut pas s'y engager.

– À cause de Centyeux ?

– Non. En fait, d'après mon grand-père, la vraie entrée est ailleurs, cachée…

– Et il ne t'a pas dit où elle se situe ?

– Non, monsieur, il prétend que c'est trop dangereux. Mais vous n'avez quand même pas l'intention de vous y aventurer ?

– Pas du tout, je ne suis pas fou. À présent, il vaudrait mieux que tu rejoignes ta mère…

– Au revoir ! me lança-t-il en quittant notre cachette. Et merci de votre aide, monsieur !

– Je m'appelle Bat Pat ! lui criai-je – mais il avait déjà disparu dans la nuit.

Je retournai auprès de mes amis. Désormais, le récepteur émettait des bips bien sonores, ainsi qu'une forte lumière rouge.

– Nous devrions être tout près. Tu as découvert quelque chose, Bat ? demanda Martin en se dégageant de l'étreinte de Léo, qui tremblait comme une feuille.

— J'ai rencontré une jeune chauve-souris très utile, annonçai-je. Ce petit m'a dit qu'en continuant le sentier, on arriverait à l'entrée d'une grotte. C'est là que se trouve Rébecca, avec la... sorcière.

— Sor... sorcière ? balbutia Léo.

— Elle s'appelle Amanite, à ce qu'il paraît.

— Pars devant, en éclaireur, Bat ! dit Martin sans se troubler. Nous, nous te suivrons le long du sentier.

Voletant à basse altitude pour ne pas rencontrer Centyeux, je repérai le « très gros caillou » et montrai la voie à Martin et Léo. Ce dernier était si pâle qu'à lui tout seul il aurait pu nous éclairer.

Nous fîmes halte devant le grand rocher, dans

lequel s'ouvrait une étroite brèche noire. C'était la fameuse entrée ! J'étais fier de moi !

– Qu'est-ce qu'on fait ? demanda Léo.

– Bat pourrait peut-être tenter un petit vol de reconnaissance… suggéra Martin.

– Excellente idée ! Vas-y, Bat, on t'attend ici. Prends ton temps !

– Hé, vous n'avez pas l'impression d'exagérer ? protestai-je.

Puis me vint à l'esprit ce que disait toujours mon oncle Olympe : « Plutôt un jour dans la peau d'une chauve-souris que cent dans celle d'une souris ! »

– Bon, ça va, m'exclamai-je. Vous croyez que j'ai peur ? Je vais vous montrer !

Et, oubliant l'avertissement de la jeune chauve-souris, je volai à l'intérieur.

Malheureusement, je n'allai pas bien loin : dissimulé par l'obscurité, un mur bouchait l'entrée. Je le percutai de plein fouet.

8
LE VENTRE DE LÉO

uand je revins à moi, Martin et Léo me contemplaient, les yeux écarquillés.

– Quel choc ! m'exclamai-je en me massant le crâne. Je suis mort ?

– Tu es tout ce qu'il y a de plus vivant ; simplement, tu n'avais pas vu ça, répondit Martin en tapotant la paroi de granit.

Pourquoi mon radar ne l'avait-il pas « senti » ? À cause d'un maléfice de la sorcière ?

– On ne peut pas passer par là, commenta Martin. L'un de vous a une autre idée ?

– Malheureusement, je suis à court de dynamite ! ironisa Léo en retournant ses poches.

– Très drôle ! grommela son frère.

Puis il repartit à la charge avec moi.

– Bat, tu ne voudrais pas faire un autre petit vol exploratoire…

– Encore ? Nom d'un moucheron, c'est pas juste !

– Pense à Rébecca, Bat ! ajouta Martin.

Plutôt qu'à sa sœur, je songeai à Centyeux… Enfin, je rassemblai tout mon courage et m'élançai pour un survol à la verticale du rocher.

Soudain me revinrent les paroles du petit : « D'après mon grand-père, la vraie entrée est cachée… »

M'orientant grâce à mon radar, qui, ô joie, fonctionnait à nouveau parfaitement, je découvris, en deux temps trois mouvements, ce que je cherchais et rapportai la nouvelle aux garçons.

– L'ouverture est au sommet. Il faut monter là-haut.

– Monter ? bougonna Léo. Mais je suis épuisé !

— D'accord, alors tu resteras ici pour garder ce côté de la grotte, décréta Martin.

— Ah non, pas tout seul ! J'avais justement envie d'une balade en montagne !

Une fois arrivés tout en haut, nous découvrîmes un passage très étroit.

— Je ne peux pas y glisser ne serait-ce qu'un pied, observa Léo.

— Moi, je n'y passe guère plus qu'une jambe… ajouta Martin en me regardant par-dessus ses lunettes. Peut-être que toi, Bat…

Ben voyons ! Ce n'était que la troisième fois qu'ils me demandaient de risquer ma peau, ces deux-là ! Mais pouvais-je abandonner Rébecca ?

J'entrai et je descendis le long d'un boyau sombre en retenant mon souffle. Puis celui-ci s'élargit et je regardai au-dessous.

Par mille ultrasons, sous mes pattes s'ouvrait une grotte gigantesque, illuminée par des centaines de bougies. Au fond s'étendait un vaste étang aux eaux troubles, peuplé de dizaines de crapauds qui coassaient bruyamment. Enfin, j'aperçus sur un îlot les fillettes disparues, immobiles comme des statues. Il y avait la maigrichonne aux cheveux courts que Martin, Léo et moi avions vue à l'hôpital, une gamine dodue au teint verdâtre et

Rébecca, qui faisait tourner autour de son doigt la bague de Léo. Voilà comment elle avait actionné le signal !

Devant les fillettes se tenait une femme toute vêtue de noir, coiffée d'un grand chapeau pointu sur une épaisse chevelure sombre : c'était la vieille marchande de pommes ! Ou plutôt, la sorcière Amanite !

Elle leva un bras menaçant et les crapauds se turent tout net.

– Mes chères amies, commença-t-elle d'une voix perçante, nous sommes ici pour choisir celle qui deviendra ma nouvelle assistante, vu que j'ai dû mettre à la retraite la vieille Ludmilla, qui ne pouvait plus travailler !

Elle envoya alors un petit éclair lumineux à un crapaud jaunâtre à l'air triste.

– Vous avez été sélectionnées grâce à la potion magique dont étaient imprégnées mes pommes, et j'espère bien que parmi vous trois se trouvera celle que je cherche. Quant aux deux autres, elles iront grossir le nombre de mes bien-aimés sujets en devenant deux jeunes et fringants crapauds ! Ha, ha, ha !

L'assemblée des batraciens se mit à coasser si fort que je dus me boucher les oreilles.

– Silence ! ordonna la sorcière. À minuit pile, les forces de la magie révéleront qui sera l'heureuse élue. Que la cérémonie commence !

Je jetai un œil aux chiffres phosphorescents de ma montre (autre cadeau de Léo, après le radio-réveil) : minuit moins le quart !

Pas le temps d'aller avertir les garçons ! Même si je me sentais deux crêpes à la place des ailes, je devais tenter quelque chose, maintenant et tout seul ! Oui, mais quoi ?

Comme dit mon cousin Aile-Filante : « Aux grands maux, les grands remèdes acrobatiques ! » Je décidai donc d'essayer l'une des manœuvres les plus difficiles qu'il m'ait enseignées : l'attaque en piqué ! Je pris une profonde inspiration et me lançai à plein gaz contre… Rébecca ! Je la percutai à l'épaule droite et, tandis qu'elle perdait l'équilibre, je tombai avec elle ! Aïe, quel choc ! J'espérais que mon assaut la réveillerait et qu'elle me reconnaîtrait, mais, au lieu de ça, elle se mit à hurler en cherchant à m'attraper ! Ses cris attirèrent l'attention de la sorcière.

– Centyeux, appela-t-elle, mets cet intrus en pièces !

La chauve-souris qui louchait surgit à l'improviste, et, les yeux exorbités sous son bonnet orange, fondit sur moi. Tout cela n'avait rien d'amical !

Trouille. Mégatrouille ! Je me propulsai de l'autre côté de la grotte, où s'ouvrait un tunnel obscur, et m'y engageai sans réfléchir, lorsque mon poursuivant s'exclama :

– Et maintenant, je vais te brouter les oreilles, mon gars !

J'essayai de ne pas l'écouter, pour permettre à ma pauvre cervelle de deviner où menait ce passage. Quand je le compris, il était trop tard :

devant moi se dressait l'autre face du mur de granit sur lequel je m'étais aplati le nez précédemment !

Avec l'énergie du désespoir, je réussis à exécuter, à moins de deux mètres du « terminus », le demi-tour de la mort ! Centyeux, lui, se contenta de crier deux mots :

– *Varcum secretum !*

La paroi s'ouvrit alors, le laissant passer sans encombre.

Mais le malheureux ignorait que le ventre de Léo serait un obstacle bien pire…

9
UN DÉGUISEMENT INGÉNIEUX

u'est-ce que vous faites là ? demandai-je à Martin et Léo, qui contemplaient Centyeux évanoui.

– Martin m'a dit de monter la garde là-haut, tandis que lui descendrait contrôler cette entrée.

– Mais mon pauvre frère a finalement été « pris de vertiges », tout seul au sommet du rocher ! compléta Martin en secouant la tête.

– Bon, en tout cas, nous voici à nouveau réunis tous les trois ! se réjouit Léo. Enfin… nous voilà même quatre ! C'est qui le gars qui m'a tamponné ?

– Il s'appelle Centyeux et il vaudrait mieux le ligoter, car il est du genre dangereux.

– Dangereux ? s'étonna Martin en fixant, amusé, le long bonnet orange garni d'un pompon.

Pendant que Léo le ligotait, j'expliquai rapidement comment j'avais fait sa connaissance, puis je racontai ce que j'avais vu à l'intérieur. Quand ils surent que Rébecca et les deux autres fillettes étaient vivantes, mes jeunes amis poussèrent un soupir de soulagement. Maintenant, il ne restait *plus* qu'à les tirer de là.

– Bon, qu'est-ce qu'on fait ? demanda Léo.

– Une seconde, je réfléchis… répondit Martin. C'est Centyeux qui a ouvert cette entrée de la grotte, n'est-ce pas ?

– Exact. Et je sais comment il s'y est pris. Vous allez voir : *Varcum secretum* ! criai-je – et, à la surprise générale, la paroi de pierre grise se fendit en deux.

– Tu es un vrai magicien, Bat !

— Disons que j'ai une bonne… ouïe !

— J'ai une idée ! s'exclama soudain Martin. Bat, tu vas prendre la place de Centyeux et retourner à l'intérieur. Il faut que la sorcière pense que tu as été éliminé et que son assistant va bien. Nous, nous te suivrons discrètement, et, une fois parvenus à l'étang, nous libérerons Rébecca. C'est clair ?

— Tout ce qu'il y a de plus clair, mais je ne ressemble pas du tout à Centyeux !

– Laisse-nous faire.

Ils me maculèrent de terre,
me coiffèrent du bonnet
orange, et, comme
je n'arrivais pas à
loucher, Martin
m'équipa de
lunettes de
soleil.

– Tu diras que tu les as prises à l'autre chauve-souris et tout ira bien.

– Espérons… répondis-je, peu convaincu.

J'avais une peur bleue, mais pour sauver Rébecca, j'aurais dormi la tête en haut !

Alors que nous entrions dans le tunnel, je posai la question qui me trottait dans la tête depuis un moment :

– Comment allez-vous libérer Rébecca ?

Martin ne se démonta pas : il s'arrêta et retira son sac à dos.

– Il est temps que je vous montre ce que j'ai ici, déclara-t-il en l'ouvrant.

– Eh, c'est à moi ! s'écria Léo au premier coup d'œil. Où l'as-tu pris ?

– Dans ton armoire. Et maintenant, voyons si ça fonctionne.

– Mes inventions fonctionnent toujours, tu devrais le savoir ! s'indigna Léo.

10
À CHEVAL, SUR UN BALAI

uand le « cerveau » de la maison Silver eut fini de nous expliquer son plan, nous commençâmes à entrevoir la sortie du tunnel…

– Courage, Bat ! m'encouragea Martin. Vas-y et sois convaincant !

Je m'envolai à l'intérieur de la grotte, le cœur battant à mille à l'heure.

Sans m'accorder un regard, la sorcière, me prenant pour Centyeux, me demanda :

– Tu lui as réglé son compte ?

– Je l'ai réduit en bouillie ! répondis-je en allant me cacher dans une niche obscure.

– Bravo, mon petit Centyeux ! Ce soir, double ration de soupe à la grenouille !

Beurk, j'en eus envie de vomir !

Se frottant les mains, la malfaisante se tourna vers ses trois petites prisonnières.

– Et maintenant, chères enfants, il est temps pour vous d'affronter la première des deux épreuves auxquelles vous serez soumises. Il s'agit d'un classique de l'art de la sorcellerie : voler sur un balai ! Regardez attentivement !

Elle sauta à califourchon sur l'une de ses « montures » et partit comme une fusée vers le plafond de la grotte. Après moult voltiges, descentes en piqué, virages de la mort, elle se posa sur l'étang, rasant l'eau du talon de ses bottines. Pas mal ! Même Aile-Filante aurait apprécié ! Les grenouilles en coassèrent d'enthousiasme.

– Merci ! Merci ! déclara-t-elle orgueilleusement en se tournant vers les fillettes. Et maintenant, laquelle de vous veut essayer ?

Rébecca, le regard perdu dans le vide, fit un pas en avant.

– Très bien ! dit la sorcière en lui tendant le balai. Juste une précision, ma chère, l'épreuve que je t'ai réservée sera légèrement plus difficile…

Puis elle cria « *Focus !* » et un grand cerceau posé sur le bord de l'étang s'enflamma.

– Tu devras traverser ce cercle de feu… ricana Amanite. Courage, petite, en selle, et prouve-moi que tu es une vraie sorcière !

J'étais terrorisé. D'un œil, je surveillais Rébecca enfourchant cet engin volant ; de l'autre, je guettais l'ouverture par laquelle devaient surgir Léo et Martin, équipés de leur « surprise ». Une minute de plus et je loucherais pour de bon !

Rébecca se mit à sillonner la grotte en s'approchant dangereusement des parois. On aurait dit qu'elle volait depuis toujours ! De la véritable graine de sorcière !

– Très bien ! s'enthousiasma la mégère. Et maintenant, le cercle enflammé !

Juste à ce moment, Léo et Martin débouchèrent du tunnel et virent leur petite sœur qui, montée sur le balai, piquait vers les flammes. Je

laissai échapper un gémissement, mais Léo, lui, hurla si fort qu'il terrorisa tous les crapauds :

— RÉBECCA, NOOON !!!

Furieuse, Amanite se retourna et le foudroya d'un éclair bleu. Martin tenta de fuir, mais un autre éclair l'atteignit et l'immobilisa.

— Centyeux ! brama-t-elle alors. Qui sont ces deux-là ?

— Eh bien… je n'en sais rien, balbutiai-je en sortant le nez de ma cachette.

La sorcière ficela mes amis comme des saucissons !

11

COMMENT DEVENIR UN COCHON

eureusement, Rébecca avait atterri sans encombre, et elle me fixait d'un air impassible, comme si elle venait de faire un simple tour de vélo.

– D'où sors-tu ces lunettes ridicules ? me demanda Amanite.

– Je les ai prises à la chauve-souris que j'ai éliminée, répliquai-je du tac au tac. Elle était certainement de mèche avec… ces deux-là !

– Et eux, comment ont-ils fait pour entrer ?! Tu n'aurais quand même pas prononcé la formule magique devant eux, n'est-ce paaas ? menaça la vieille furie en me bombardant d'éclairs incandescents.

Par miracle, je réussis à les éviter et me jetai dans le tunnel. Alors que je pensais être enfin en sécurité, l'un d'eux m'atteignit dans le dos et je tombai par terre. « Toi, je te réglerai ton compte plus tard ! » fut la dernière chose que j'entendis avant de perdre connaissance.

Ainsi la sorcière se détourna-t-elle providentiellement de Centyeux, c'est-à-dire de moi.

Quand je repris conscience, j'étais tout étourdi et j'avais du mal à bouger. Me traînant péniblement, je revins sur mes pas pour voir ce qui se passait dans la grotte, craignant d'assister à la fin tragique de mes amis.

– Parfait, nous avons deux cobayes pour tester nos sortilèges ! Une chance, pas vrai, mes petites ?! ricanait la sorcière.

Les fillettes continuaient à regarder droit devant elles, l'air froid et vide.

–Oublions le balai et utilisons ces deux jouvenceaux pour la seconde épreuve ! poursuivit Amanite, les yeux brillants. Je vais me servir d'une formule que je tiens d'une très vieille sorcière appelée Circé et qui permet de transformer un être en cochon. Regardez bien !

Elle sortit de sa manche une longue baguette magique, la dirigea vers deux crapauds et se mit à prononcer les paroles du maléfice :

–*Ténèbres, éclairs, étincelles, trémolos*
Remplissez l'air de sombres halos
Passez en revue tous les chers animaux
Et transformez ceux-ci en pourceaux !

Un nuage de fumée blanche se répandit, d'où surgirent deux petits cochons roses, fouissant le sol de leur groin.

– Ha, ha, ha ! Ce sortilège m'amuse toujours autant ! se réjouit la vieille. Et maintenant, jeunes filles, à votre tour d'essayer… sur
eux !

« Eux » n'étaient autres que les frères Silver,
qui venaient juste de rouvrir les yeux.

La fillette aux cheveux courts saisit la baguette
et, la pointant vers Léo et Martin, commença à
réciter la formule magique.

Léo tenta de la distraire.

– Salut ! Tu sais comment un cochon fait pour
engraisser ? Il mange… comme un *porc* ! Tu ne ris
pas ? C'est pourtant drôle ! Non, attends…

Mais elle n'attendit pas et il y eut un nouveau
nuage de fumée blanche.

– Hé, regardez comme elle m'a arrangé ! pro-
testa Léo en désignant la queue en tire-bouchon
qui dépassait de son pantalon.

– Silence, cria la sorcière, ou je te transforme
directement en jambon ! À ton tour, lança-t-elle

à la fillette dodue. Dépêche-toi de faire mieux ; il est presque minuit !

La gamine récita la formule et, lorsque la fumée se dissipa, on vit que seul le pauvre Léo avait été transformé en… un porcelet rondouillard !

– Ce n'est toujours pas assez ! s'énerva Amanite. Les deux en une fois !

Puis elle marmonna quelques mots et Léo retrouva son apparence initiale.

– Allez, ma petite, interpella-t-elle finalement Rébecca. C'est à toi. Si tu réussis cette épreuve, tu auras l'honneur d'entrer à mon service ! Ne me déçois pas !

Rébecca prit la baguette et fixa ses frères d'un regard glacial.

– Rébecca, reviens à toi ! Je t'en prie, reviens à toi ! répétait Martin.

– Houhou, petite sœur ! C'est nous, tes frères ! Tu ne nous reconnais pas ? martelait Léo.

– Eh, mais qui avons-nous là ? exulta la sorcière en s'approchant. Les frères de ma future assistante ! Quel honneur ! Au lieu de faire de vous des saucisses et de la mortadelle, j'épargnerai vos vies !

– Vraiment ? lui demanda Léo, plein d'espoir. Vous ne nous tuerez pas ?

– Pourquoi ça ? Vous ferez deux magnifiques nouvelles recrues pour ma suite de crapauds ! Ha, ha ! Allons-y !

Rébecca s'avança : plus que quelques instants et j'allais perdre mes amis pour toujours ! C'est alors que je remarquai une chose qui m'avait échappé jusque-là : Martin n'avait plus son sac à dos sur les épaules !

Il l'avait sûrement lâché en empruntant le tunnel. Le sac devait donc se trouver là, tout près de moi. M'appuyant sur mes ailes, je rampai à reculons et l'aperçus, intact, sur le sol.

Par mille ultrasons, tout n'était peut-être pas perdu, mais il fallait agir vite !

J'ouvris le sac et en sortis le précieux contenu. Voulez-vous savoir ce que c'était ? La dernière trouvaille de Léo : des « étoiles fumantes », à savoir des sortes d'étoiles filantes au sillage coloré à utiliser lors de carnaval. Utile, non ?

« Ces machins provoqueront un tel bazar, avait expliqué Martin plus tôt, que quand la sorcière comprendra que nous avons pu entrer, nous serons déjà ressortis. »

J'espérai qu'il avait vu juste et posai rapidement les créations de Léo par terre, têtes pointées vers la grotte.

Tout en m'activant, j'entendis la voix d'Amanite qui pressait Rébecca de réciter la formule.

Vite, il fallait faire très vite !

Je fouillai frénétiquement au fond du sac pour trouver la dernière chose, essentielle, qui me manquait : les allumettes. Mais pas l'ombre d'une !

Nous étions perdus.

J'entendis soudain une voix menaçante dans mon dos, que je reconnus immédiatement.

12
L'HEURE
DES SORCIÈRES

ends-moi tout de suite mon bonnet !

— Centyeux ? Comment as-tu fait pour te libérer ?

— Un jeu d'enfant pour l'assistant d'une sorcière ! Je vis ici depuis un bon moment, tu sais ! Et je n'ai pas perdu une miette de ses sortilèges.

— Et maintenant, j'imagine que tu vas me livrer à ta maîtresse, non ?

La chauve-souris s'approcha et me fixa (façon de parler…) dans les yeux. Puis elle arracha de ma tête sa coiffe orange à pompon.

– Mon cher, je dois te remercier, poursuivit-il.

– Me *remercier* ? répétai-je, incrédule.

– Oui, pour m'avoir ouvert les yeux sur la méchanceté d'Amanite !

– Qu'est-ce que tu racontes ?

– Tu as vu comment elle t'a traité en pensant que c'était moi ? Cette vieille sorcière m'a toujours maltraité, et maintenant elle mérite une punition !

Je n'en croyais pas mes oreilles. J'étais là, aux pieds de mon congénère au regard croisé, attendant, terrorisé, le moment où il me dirait qu'il blaguait, mais il ne le fit pas.

– Tu as bien entendu ce qu'elle a dit ? « Je te réglerai ton compte plus tard. » Tu sais ce que ça signifie ? Qu'elle me réserve le même sort qu'à Ludmilla, sa vieille assistante, qui, à cause d'une toute petite erreur dans la préparation d'une potion, est devenue un crapaud. Pauvre Lud !

Je me tournai anxieusement vers la grotte et vis que Rébecca avait déjà levé la baguette magique en direction de Léo, lequel s'était mis à grogner de peur avant même d'être retransformé en cochon.

– Je t'en prie, Centyeux, frère chauve-souris, aide-moi ! l'implorai-je. Trouve quelque chose pour allumer ces fusées !

Peut-être parce que je lui faisais pitié en me démenant pour aider mes amis alors que j'étais moi-même dans un sale état, ou bien parce que je l'avais appelé « frère » (ma tante Ernestine disait toujours : « Il n'y a pas une chauve-souris qui ne soit ton frère ! »), il se décida à me donner un coup de main.

– D'accord, dit-il. Je devrais pouvoir me souvenir de la formule pour allumer du feu.

– Oh, merci, répliquai-je, ému. Merci, infiniment !

Entre-temps, Rébecca, tout en agitant la

baguette sous le nez de son frère implorant, avait commencé à ânonner le premier vers de la formule « porcique » :

– *Ténèbres, éclairs, étincelles, trémolos…*

– Bon, alors, hésita Centyeux, sauf erreur, c'est : *Sucre, œufs, miel, farine…* Non, ça, c'est une recette de gâteau. Voyons… je la connais pourtant…

– Vite, le coupai-je, dépêche-toi !

Rébecca en arriva au deuxième vers :

– *Remplissez l'air de sombres halos…*

– Ah oui… marmonna Centyeux : *Flamme, flammèche, pain et saucisson…* Zut, c'était comment déjà ?

Ma jeune amie, impassible, attaqua le troisième vers :

– *Passez en revue tous les chers animaux…*

– Accélère, sinon il sera trop tard !

– J'y suis ! s'exclama Centyeux – et il récita la formule tout d'une traite :

Ô langues de feu, réveillez du grand froid
Petites braises à faire tomber ici-bas !

Aussitôt, une pluie d'étincelles frétillantes s'abattit sur les étoiles fumantes et les alluma au moment même où Rébecca entamait le dernier vers :

– *Et transformez ceux-ci…*

Mais avant qu'elle puisse terminer, le vacarme éclata.

La grotte fut le théâtre du plus spectaculaire festival de couleurs que les crapauds aient jamais vu : des rubans et des volutes de fumée multicolores sifflèrent et crépitèrent au-dessus des têtes de la sorcière et des trois fillettes, déclenchant une belle pagaille !

Alors que l'air de la grotte s'opacifiait, j'aperçus Amanite. En poussant un long cri de rapace, elle se lançait sur Rébecca pour lui arracher la baguette afin d'arrêter le désastre. Mais, tirant le bras de la fillette vers elle, elle lui fit perdre l'équilibre et Rébecca acheva la formule :

– … *en pourceaux !*

La sorcière disparut alors dans un grand nuage blanc qui, se mélangeant avec les émanations rouges des étoiles fumantes, prit une belle teinte... rose !

Rose comme le gros cochon que je vis fourrager au centre de la grotte lorsque Centyeux, grâce à une formule qui lui était revenue, dissipa le brouillard coloré :

— *Je ramasse la brume et je la jette au dehors !*

Je me sentis défaillir : était-ce Léo ou Martin qui avait fini ainsi ?

Mais, en y regardant de plus près, je vis que le goret arborait un grand chapeau noir et qu'une mèche de cheveux gris retombait sur son groin.

— Enfin ! exulta Centyeux en découvrant sa maîtresse ainsi transformée.

— Rébecca ! appelai-je en voyant mon amie indemne, qui, avec ses compagnes d'infortune, prenait conscience de ce qui l'entourait, l'air abasourdi.

— Bat ! s'écria-t-elle.

Libérée de tout maléfice, elle courut vers moi.

Nous étions tous sains et saufs, par pur miracle !
Ou peut-être par magie…

Je regardai ma montre : minuit pile. L'heure des sorcières !

13
CENTYEUX, LE MAGICIEN

ous nous rassemblâmes sur la petite île au centre de l'étang. Rébecca me prit dans ses bras. À la fois parce que je n'arrivais pas encore à marcher et parce que je ne me sentais pas tranquille au milieu de tous ces crapauds.

Ils semblaient étrangement agités et, comme pour fêter la fin heureuse de notre aventure, s'étaient mis à coasser si fort que nous dûmes hurler pour faire les présentations.

– JE M'APPELLE RÉBECCA !

— Et moi, Sarah ! répondit la maigrichonne aux cheveux courts.

— Moi, c'est Brenda ! hurla la fillette dodue.

— Enchantés ! crièrent Léo et Martin en se présentant à leur tour.

Puis ce fut à moi :

— Moi, je suis Bat, et voici encore Centyeux ! Si je ne l'avais pas rencontré, je ne sais pas comment tout ça aurait fini !

Sarah et Brenda m'écoutèrent, bouche bée : certes, une chauve-souris qui parle n'est pas un spectacle ordinaire…

— *Silentium absolutum !* ordonna Centyeux en agitant la baguette de son ancienne maîtresse en direction des grenouilles.

Le concert coassant s'arrêta net.

Désormais, c'était lui que les fillettes regardaient, la bouche ouverte : une chauve-souris strabique, coiffée d'un bonnet orange et qui lance des sorts n'est pas non plus monnaie courante !

— Très fort ! commenta Léo. Mieux que ma prof d'anglais quand elle s'énerve !

— Je veux rentrer à la maison, dit Sarah. Cet endroit me fait trop peur.

— Moi aussi, ajouta Brenda. Je veux mon papa et ma maman.

— Moi, j'aimerais bien savoir ce qu'on fait dans cette grotte, entourés de grenouilles, de cochons et de chauves-souris, fit Rébecca en caressant la tête d'un énorme crapaud marron.

– C'est une histoire très étrange, qui ressemble un peu à celle de Blanche-Neige… commença Martin.

Et, en quelques mots, il raconta aux trois fillettes tout ce qui s'était passé à partir de l'épi-

sode des pommes empoisonnées. Elles ne se souvenaient absolument de rien.

— Tu ne te rappelles même pas comment tu as fait pour transformer la sorcière en cochon ? interrogeai-je Rébecca.

— Vous voulez dire, s'inquiéta-t-elle en désignant le goret qui remuait l'eau trouble avec son groin, que c'est…

— Exact ! répondit Martin. C'est bien elle. Pendant que tu prononçais les dernières paroles du maléfice, elle a essayé de t'arracher la baguette, et a dû, involontairement, la retourner vers elle.

— Est-ce qu'elle pourrait… briser ce sortilège ? demandai-je par précaution.

— Pour cela, il faudrait qu'elle prononce la formule qui l'annule, précisa Centyeux. Mais, que je sache, les cochons ne parlent pas, seulement les chauves-souris !

— Bon, conclut Martin, alors nous la relâcherons dans le bois des Chênes rouges. Elle y trouvera tous les glands qu'elle voudra et n'embêtera plus personne.

– Si vous le permettez, j'aimerais la « relâcher » moi-même, requit Centyeux.

Et, pointant la baguette vers elle, il se mit à foudroyer d'éclairs le derrière de son ancienne maîtresse, qui fila vers la sortie en poussant des grognements.

– Bien visé ! admirai-je.

– Oh, ce n'est qu'une question d'« œil » ! répondit-il en s'esclaffant.

– On peut y aller, maintenant ? intervint Léo. Je commence à avoir faim !

– Une dernière chose, plaida Centyeux. J'ai une amie à libérer. Lud, viens ici !

Le crapaud jaunâtre à l'air triste s'approcha en sautillant. Centyeux lui sourit et l'effleura de la pointe de la baguette. Au milieu d'une nuée d'étincelles dorées apparut une sympathique vieille dame au regard doux.

– Je vous présente Ludmilla, dit la chauve-souris, ex-assistante d'Amanite et amie chère à mon cœur !

– Par miracle, le plan de ma malveillante maîtresse a échoué, murmura-t-elle en regardant les trois petites filles, saines et sauves. Où est-elle maintenant ?

– En quête de glands dans la forêt, répondit Léo.

– Surveille-la et ne lui redonne jamais son apparence initiale, ajouta Centyeux en lui tendant la baguette. Tiens, elle est à toi, maintenant.

La vieille dame la prit et la pointa en direction des grenouilles en chuchotant.

On entendit comme un bruit de pop-corn, *pop ! pop ! pop !...* et les batraciens redevinrent soudain, l'un après l'autre, celui ou celle qu'ils avaient été auparavant : petit garçon, petite fille, jeune homme, jeune fille, homme, femme de tout âge.

Autant de victimes de l'affreuse sorcière qui retrouvaient la liberté ! À la fin, il ne resta qu'un crapaud, mais qui l'était peut-être déjà à l'origine.

– Sortons d'ici ! proposa enfin Martin.

– Excellente idée, commenta Léo,

avant d'ajouter en se tournant vers Ludmilla :
Dites, madame, avec cette baguette, est-ce que
vous pourriez faire apparaître quelques cheese-
burgers ?

14
MAISON,
Ô DOUCE MAISON

nutile de vous dire comment les parents Silver nous accueillirent quand nous rentrâmes à la maison, à 3 heures du matin. Élisabeth n'arrêtait plus de pleurer et de nous embrasser, pendant que Georges nous assaillait de questions du genre : « Pourquoi empestez-vous le cochon ? » ou encore : « Rébecca, que comptes-tu faire de l'énorme crapaud que tu tiens dans les bras ? »

Madame Silver l'envoya prévenir la police de notre retour. Et une heure après, Sarah et Brenda étaient raccompagnées, saines et sauves, auprès de leur famille.

De toute l'affaire, nous ne racontâmes, aussi bien à la police qu'au journaliste de *L'Écho de Fogville*, que le strict nécessaire : une vieille folle avait enlevé trois fillettes, et les courageux frères de l'une d'elles les avaient libérées et ramenées chez elles. Quant à la vieille dame : évaporée !

En effet, il valait mieux ne pas parler de sorcière, de baguette magique et de chauves-souris parlantes !

Lorsque policiers et journaliste quittèrent la maison des Silver, l'aube pointait. Nous pûmes enfin prendre une douche (j'ai appris à faire ça aussi ; je dois simplement éviter de me suspendre tête en bas, sinon l'eau entre dans mon nez). Enfin, comme le soleil allait bientôt se lever, Léo réclama son petit déjeuner.

Nous le rejoignîmes, mais aucun de nous ne s'empiffra comme lui. Il avait les joues gonflées comme des ballons et répandait de la nourriture partout.

– Enfin, Léo, lui dit sa mère, tu manges comme un cochon !

– Ronk ! Ronk ! Très juste ! répondit-il, déclenchant un éclat de rire général.

– Tu sais, maman, commenta son frère, je crois que cette aventure l'a vraiment *transformé* !

Aujourd'hui, une semaine est passée depuis cette nuit maléfique.

Rébecca semble avoir bien surmonté son enlèvement. Si bien d'ailleurs qu'elle m'a demandé de l'aider à participer au fameux concours « Change la fin de *Blanche-Neige et les Sept Nains* ». Dans son scénario, Blanche-Neige, associée aux sept nains, ouvre un château-refuge pour les princes transformés en grenouilles. Ça peut plaire au jury, vous pensez ?

Centyeux est venu me voir dans mon grenier et m'a convié à la super fête qu'il organise. Maintenant qu'il dispose d'une grotte rien que pour lui, il veut y inviter toutes les chauves-souris qu'il connaît !

Je lui ai demandé l'autorisation de raconter notre aventure. Il est d'accord, à condition que je

modifie un peu la fin : un metteur en scène aurait remarqué son regard fascinant et Centyeux finirait par devenir un acteur très célèbre. Je ne sais pas encore si je céderai…

Léo, lui, a insisté pour que j'écrive au moins le dernier chapitre du livre en utilisant mes doigts de pied. J'ai essayé de lui faire plaisir, mais je me suis luxé le gros orteil !

Maintenant, il faut que je vous laisse. J'ai promis à Martin de lui donner mon avis sur *La Vengeance du lapin géant*, et, après, je dois accompagner Rébecca, qui veut libérer son crapaud dans le bassin du jardin public. Elle pense que, dans la baignoire de la salle de bains, il souffre trop…

À la prochaine !

Salut ensorcelé de votre

Bat Pat

DES CAILLOUX SUR LA POIRE

Observe bien les deux voleurs (à l'air plutôt familier !) que j'ai mis en fuite grâce au truc de mon cousin Aile-Filante.
Entre les deux images, il y a 6 différences.
Lesquelles ?

Solutions : La pièce sur le pull de Léo, le tee-shirt de Martin, la frange de Martin, le motif sur la chaussure de Léo, la trajectoire du caillou, le pouce de Léo.

LEÇON DE VOL ACROBATIQUE

Nom d'un moucheron, lors d'un de mes petits tours nocturnes, j'ai mélangé les différentes étapes du vol… Aide-moi à remettre les images dans le bon ordre !

Solution : E – C – B – F – A – D.

LE CRAPAUD SOLITAIRE

Actionne tes radars ! Parmi tous ces crapauds, un seul n'a pas de double parfaitement identique. Vois-tu lequel ?

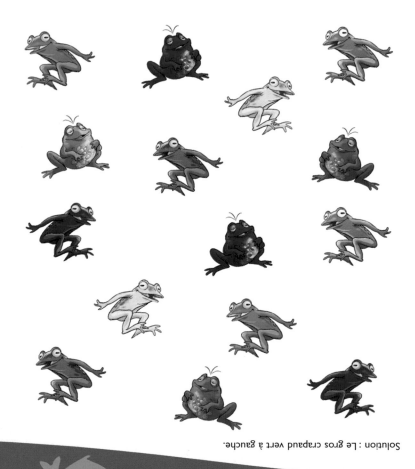

TÉNÈBRES ET ÉCLAIRS

La sorcière Amanite a déchiré en petits morceaux le parchemin avec la formule qui transforme les êtres en cochons. Photocopie cette page, découpe les morceaux et essaye de reconstituer ce document !

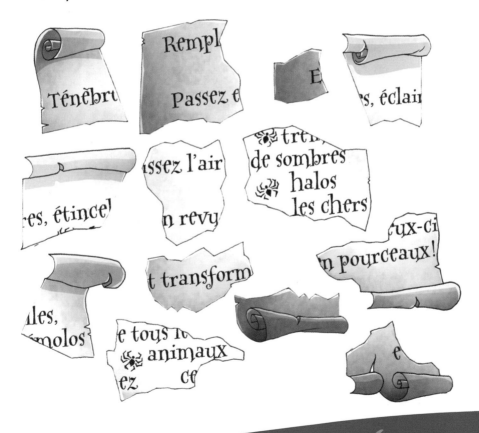

Rempl

Passez e

E

s, éclai

Ténèbr

ssez l'air

de sombres

halos

les chers

res, étincel

n revy

ux-ci

n pourceaux !

t transform

les,

molos

e tous l

animaux

ez   ce

e

NOM D'UNE CHAUVE-SOURIS (OU DE PLUS...) !

Chers « amis du frisson », me voici, fidèle au rendez-vous pour vous donner des nouvelles du monde des chauves-souris. Aujourd'hui, j'aimerais vous faire connaître plusieurs de mes parents lointains qui vivent un peu partout sur la planète. Savez-vous qu'il existe plus de 1 000 espèces de chauves-souris ? Et en voici quelques-unes :

La plus petite : la craséonycte, ou « chauve-souris à nez de porc », vit en Thaïlande et pèse moins qu'une pièce d'1 centime d'euro !
La plus grande : la roussette, ou « renard volant », vit en Orient. Son envergure (mesure de ses ailes déployées) est de plus de 1,5 m.
La plus tendre : la *Tadarida brasiliensis*. Les mères de cette espèce peuvent reconnaître leur petit au milieu de millions d'autres.
La plus étrange : la petite *Ectophylla alba* du Honduras a un pelage tout blanc, avec des oreilles et un nez jaunes.
La plus goulue : la chauve-souris brune d'Amérique du Nord peut manger plus de 50 insectes en 1 heure… pire que Léo !

À QUI EST-CE ?

Les personnages présentés dans les médaillons ont tous perdu quelque chose. Aide-les à retrouver ce qui leur manque en reliant par une flèche chaque personnage à l'objet correspondant.

TABLE DES MATIÈRES

BAT PAT

Cette histoire
vous a plu ?
Retrouvez-moi
dans d'autres aventures...